WAS ZUSAMMEN-PASST

Maila, Pia und die Schokoladenzwillinge

Eine Geschichte von Regina Dürig illustriert von Miriam Affolter mit Rezepten von René Frank fotografiert von JUNI

DEN GROSSEN UND KLEINEN
WUNDERFITZEN
IN UNSEREN LEBEN GEWIDMET

Ruhe, Ruhe, Ruhe

Das Wunderkind Maila schaut sich in der Wohnung um, die Freda, ihre Mutter und Managerin, gemietet hat: Das Wohnzimmer ist so gross wie eine Bühne. Bereit für ein Konzert stehen der Flügel da, der Klavierhocker und eine Lampe. Maila steigt die Wendeltreppe hoch, oben geht sie am Bad vorbei und an den drei kleinen Zimmern, die keinen Namen haben, weil nichts drin ist. Sie geht ins Schlafzimmer und legt sich ins Bett, mit Kleidern und Socken. Sie hört nichts ausser dem Knistern der Decke, es klingt wie ein rauschender Applaus aus der Ferne.

Seit sie denken kann, spielt Maila Konzerte auf der ganzen Welt. Bis sie vor ein paar Wochen am Flügel sass und nicht mehr wusste, in welcher Stadt oder welchem Land sie war. Alles, was es noch gab, war ein Rauschen im Kopf. Wie ein Wasserfall. Er wurde lauter und lauter, bis Maila umfiel und gar nichts mehr hören konnte.

»Sie brauchen Ruhe, Maila«, schrieb eine Frau auf einen Zettel. Dann leuchtete die Frau mit einer kleinen Taschenlampe in Mailas Augen. Wo kam die plötzlich her? Bestimmt hatte Freda sie angerufen. »Keine Sorge, die Ärztin kann dir sicher eine Medizin oder einen schrecklichen Tee verschreiben, damit du dein Konzert heute Abend spielen kannst«, schrieb Freda mit ihrer spitzen Schrift. Die Ärztin nahm ihr den Stift aus der Hand und schrieb: »Das Konzert muss ausfallen. Wahrscheinlich können Sie morgen wieder hören. Aber Sie brauchen Ruhe und müssen abschalten, wenn Sie gesund werden wollen!« Während Maila sich fragte, was genau sie abschalten solle, machte Freda schon einen Plan.

Freda mietete eine Wohnung in einer kleinen Stadt an der Küste. Sie packte Mailas Sachen. »Es ist nur für ein paar Wochen«, erklärte sie, »dann bist du wieder wie neu und kannst alle Konzerte nachholen. Die werden bestimmt ausverkauft sein, wenn sich rumspricht, dass du einen Zusammenbruch hattest. Du wirst sehen, wie gut dir die Seeluft tut.«

Maila wollte nicht neu werden. Sie wollte viel lieber so bleiben, wie sie war. Aber das interessierte Freda kein bisschen. Sie schob Maila in ein Auto, das Auto fuhr ziemlich lange geradeaus und dann ziemlich viele Kurven und dann ...

RUHE UND ABSCHALTEN

… war die kleine Stadt an der Küste da. Es gab dort eine kleine Konditorei, ein kleines Restaurant und einen kleinen Laden. »Hier ist es langweilig«, sagte Maila. »Das ist genau der Sinn«, sagte Freda, während sie die Koffer in die Wohnung trug. »Ich will nicht hierbleiben«, sagte Maila. »Es wird dir guttun, ein bisschen allein zu sein.« »Du bleibst nicht hier?«, fragte Maila.

»Du bist nun wirklich alt genug, um ein paar Tage allein klarzukommen. Ich muss wieder zurück ins Büro, um die Konzerte zu verschieben. Ich würde auch lieber Däumchen in die Luft gucken, aber jemand muss die Arbeit ja machen. Sobald es dir besser geht, hole ich dich wieder ab.« Mailas Mutter drückte ihr einen spitzen Kuss auf jede Wange und winkte. Maila winkte nicht zurück. Es ist nicht fair, dachte sie, dass ich immer nur dann alt genug bin, wenn ich Sachen machen muss, auf die ich keine Lust habe.

Es gibt wenige Geräusche hier: Das Klappern der Töpfe im Restaurant, das unten im Haus ist. Der Wind, die Schwalben, das Meer. Jetzt gerade hupt ein Roller vorne am kleinen Platz, aber das hört Maila schon nicht mehr. Sie ist eingeschlafen.

»Ich kann hier nicht weg, das Essen muss gleich raus«, ruft eine Stimme über den Hof und durchs Treppenhaus. Maila ist wieder wach. Sie hört Schritte von kleinen Füssen. Wie viele mögen das sein? Sie stapfen an ihrer Wohnungstür vorbei, in die Wohnung über ihr, und dann wieder runter.

Eine Stimme ruft: «Nello will sich nicht hinlegen». Eine andere Stimme ruft: «Weil Meo aussieht wie eine Fledermaus, wenn das Licht aus ist!» So geht das eine lange Zeit. Schritte, Rufen, Zurückrufen. Die Zwillinge Nello und Meo, die mit ihrer Mutter Pia in der Wohnung über Maila wohnen, wollen nicht ins Bett gehen. Pia, die als Köchin im Restaurant unten im Haus arbeitet, findet, ihre Jungs seien alt genug, um sich ohne Gutenachtgeschichte hinzulegen. Nello und Meo sind sich sicher, dass sie viel zu klein sind, um ganz allein dem Flüstern der Dunkelheit zuzuhören. Sie rufen runter und Pia ruft hoch und dazwischen liegt Maila. Sie steht auf, sucht einen Schal und bindet ihn zweimal um den Kopf. Das Rufen ist jetzt leiser, aber immer noch da. Maila steigt die Wendeltreppe ins Wohnzimmer hinunter. Auch hier ist das Rufen noch zu hören. Sie setzt sich an den Flügel und spielt. Sie spielt und dann spielt sie noch ein Stück, sie hört kein Rufen mehr, nur die Wärme der Musik.

Maila hört erst auf zu spielen, als sie unter dem Schal zu schwitzen anfängt. Sie zieht ihn aus, steht auf und horcht: nichts. Um sicherzugehen, dass alles ruhig ist, streckt sie den Kopf ins Treppenhaus. Und was sieht sie da? Die beiden Zwillinge liegen aneinandergekuschelt auf ihrer Fussmatte und schlafen. Was ist in so einem Fall zu tun? Maila holt zwei Waschlappen, auf die sie ein bisschen Seife reibt, ein Kissen und eine Decke. Mit dem ersten Waschlappen wischt sie den Zwillingen die mit Schokolade verklebten Münder ab. Mit dem zweiten Waschlappen macht sie die ebenfalls schokoladigen Hände sauber. Dann schiebt sie das Kissen unter die Köpfe und deckt die Zwillinge zu. Sie schreibt einen Zettel, den sie ans Geländer klebt: »Kinder bitte entfernen.« Leise macht Maila die Tür zu und legt sich ins Bett. Am nächsten Morgen sind die Kinder weg, das Bettzeug auch. Stattdessen liegt ein Strauss Rosmarin da. Maila hebt ihn auf und riecht daran. Was soll sie damit machen?

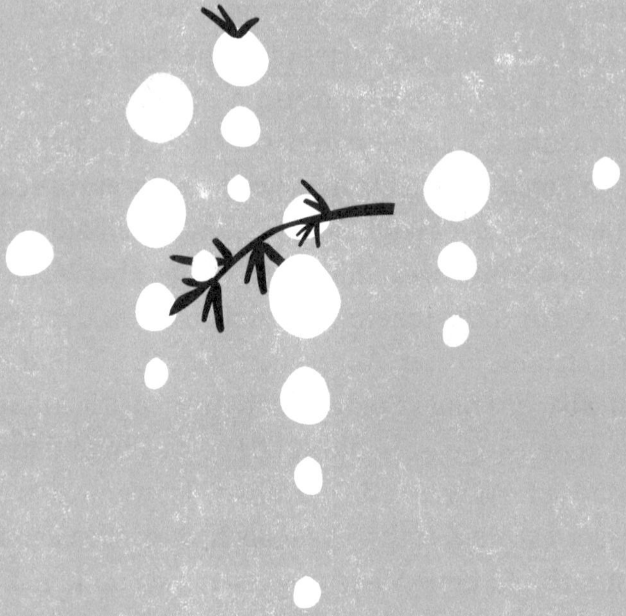

Sie zupft ein Blättchen ab, steckt es sich in den Mund und kaut. Es schmeckt ziemlich stark, ausgeschlossen, den ganzen Strauss zu essen. Sie beschliesst, ein Rosmarinbad zu nehmen. Sie geht die Wendeltreppe nach oben. Im Badezimmer drückt sie den Stöpsel in die Wanne und dreht den Hahn auf. Aber nur halb, damit das einsprudelnde Wasser nicht zu laut ist. Sie legt den Rosmarin ins Wasser und atmet seinen waldigen Duft ein. Mitten in die Kräuterstille hinein poltert es von oben so laut, dass Maila glaubt, die Decke stürze ein. Da wird etwas umhergeschoben oder -gezogen, da kracht und rumpelt es. Wie ist es überhaupt möglich, dass zwei so kleine Kinder so viel Lärm machen? Schnell geht Maila nach unten und setzt sich an den Flügel. Maila spielt so lange, bis nur noch Musik um sie herum ist und nicht der kleinste Krach. Sie ist froh, dass das Stück sehr lang ist.

Auf Kurs bleiben

»Der letzte Teil war ein Tick zu langsam«, sagt Freda, die plötzlich im Wohnzimmer steht. »Aber schön, dass du so fleissig bist.« Maila nimmt die Finger von den Tasten. »Ich dachte, du hast in der Stadt zu tun?«, fragt sie. »Und ich dachte, ich schau mal nach, ob du klarkommst, so ganz ohne mich«, sagt Freda und steckt den Zweitschlüssel zurück in ihre Handtasche. »Alles gut«, sagt Maila, »ich habe gut geschlafen und sogar schon gefrühstückt.« Das ist zwar eine kleine Lüge, aber Maila findet, sie hat es verdient, gut dazustehen. Schliesslich ist es doch wirklich nicht schlecht gelaufen bisher. Abgesehen vom Krach und den Kindern vielleicht, aber das muss Freda ja nicht wissen. Die interessiert sich sowieso für etwas anderes: Sie ist in die Küche gegangen und macht alle Türen und Schubladen auf. »Was hast du gefrühstückt, wenn du weder Teller noch Besteck hast?«, fragt sie. »Ich wusste doch, dass alles den Buckel runtergeht, wenn ich nicht da bin.« Maila fragt sich, warum jemand eine Ferienwohnung ohne Geschirr vermietet. Und warum ihre Mutter sich jede Tempoangabe merken kann, aber kein einziges Sprichwort. »Das heisst: den Bach runtergehen.« Maila trinkt einen Schluck Wasser aus dem Becher, der im Wohnzimmer gestanden hat. »Meine Güte, Maila, du kannst doch nicht aus einer Blumenvase trinken«, fiept Freda. Sie sieht schon die Schlagzeilen vor sich: Wunderkind hat nach Schwächeanfall nicht mehr alle Tassen im Brett. »Ist doch egal, was es ist«, sagt Maila und trinkt aus. Freda reisst Maila das Porzellanding aus der Hand. Dabei fällt es auf den Boden und ist weder Vase noch Becher, sondern einfach kaputt. Schnell bückt Freda sich und sammelt die Scherben auf, ein klein bisschen Blut leuchtet an ihrem Daumen. »Na bravo«, sagt sie. »Du musst so schnell wie möglich gesund werden, damit du wieder ans Klavier kannst. Zu etwas anderem bist du nicht zu gebrauchen.« Du kannst mir mal den Buckel runterrutschen, denkt Maila. Freda schnaubt und läuft aus der Wohnung. In der Hand hat sie den Stapel Scherben.

Das Wunderkind Maila steht in der Küche und schaut die winzigen weissen Scherben an, die Freda in der Eile übersehen hat. Es könnten auch Schneekristalle sein, so schön, wie sie glitzern. Maila denkt an einen Berghimmel, an das Rauschen des Waldes und das

Flüstern des Windes. Sie ist so sehr in ihre Gedanken vertieft, dass sie nicht merkt, dass es einige von diesen Geräuschen tatsächlich in ihrer Wohnung gibt. Durch die Tür, die Freda in der Eile offengelassen hat, sind Nello und Meo hereingeschlichen, die wissen wollen, woher die schönen Töne gekommen sind. Sie sehen einen Tropfen Blut auf dem Wohnzimmerboden und wissen nicht, ob sie Angst haben sollen. Könnte es ein Monster sein, das singt, statt zu schnarchen, und zum Frühstück Kinder verspeist? Die beiden trauen sich tapfer voran und dann stehen sie vor dem Flügel. Das schwarze Holz glänzt so sehr, dass sie sich darin spiegeln: viermal das gleiche Kind, das mit der Hand am geschwungenen Holz entlangläuft, bis es an den Tasten ankommt. Die vier gleichen Kinder setzen sich hin, legen die Hände auf die Stäbchen und das Weiss wird bei zwei von den vier Kindern ein bisschen klebrig wegen der Schokoladenfinger. Sie legen ihre Hände auf die schwarzen Stäbchen, die kleben noch nicht. Und dann fangen sie an zu spielen, beide genau gleichzeitig. Maila rennt ins Wohnzimmer und kann nicht glauben, was sie da sieht: Ihr Flügel ist mit Handabdrücken aus Schokolade überzogen und die Zwillinge spielen schrecklich viele Töne. So laut, dass es piepst in Mailas Ohren. »Aufhören«, ruft sie, aber die beiden hören sie nicht.

Und dann zieht ein Wirbelsturm auf in Mailas Kopf. Er macht sie so schwindelig, dass sie sich an der Wand festhalten muss. Das Piepsen in den Ohren wird erst noch lauter und dann schrecklich leise. Bis Maila gar nichts mehr hört. Sie klopft sich aufs Ohr. Nichts. Sie ist wieder taub. Was soll sie nur tun? Ruhe ist das Einzige, das hilft, hat die Ärztin gesagt.

BLEIB AUF KURS, KAPITÄNIN MAILA

Langsam geht Maila an der Wand entlang zur Wohnungstür und Stufe für Stufe die Treppe runter. Sie folgt der Strasse, bis sie an eine Bank kommt. Weil ihr immer noch schwindelig ist und sie vergessen hat, ob es hier eine Arztpraxis gibt, setzt sie sich hin und hält sich an der Lehne fest. Nach einer Weile hört sie die Autos, die an ihr vorbeifahren. Dann: die Schwalben. Dann: den Wind und das Meer. Sie schaut so lange aufs Meer hinaus, bis eines der Schiffe am Horizont aussieht wie ein Wal. Der Wal blinzelt und sagt: »Bleib auf Kurs, Kapitänin Maila, du schaffst das.« Maila nickt. Das Walschiff hat Recht.

Maila sucht in ihren Nachrichten die Buchungsbestätigung, die Freda ihr weitergeleitet hat. Von Freda weiss sie, dass man eine schlechte Bewertung schreiben muss, wenn man besser behandelt werden will. Maila tippt auf den Link und schreibt:

Die Wohnung ist schrecklich. Ich bin hierhergekommen, um abzuschalten. Ich brauche Ruhe. Aber oben im Haus wohnen Kinder, die so viel Lärm machen wie eine Autofabrik. Es ist nicht auszuhalten!

Wenn die Vermieter nicht schnell eine Lösung finden, werde ich ausziehen.

Als ihr ganz sicher nicht mehr schwindelig ist, steht Maila auf und geht in den kleinen Laden. Dort kauft sie einen Topf, eine Pfanne und ein paar andere Sachen, die nützlich aussehen. Sie kauft auch einen Teller, ein Schüsselchen, eine Tasse und ein Glas. Sie kauft einen grossen und einen kleinen Löffel, ein Messer und eine Gabel. Zuletzt kauft sie eine Packung Kekse mit Rosinen. Eigentlich mag Maila keine Rosinen, aber Obst ist gut für die Gesundheit.

Das Missgeschick

Vor der Haustür kommt Maila eine Frau entgegen, die versucht, den Reissverschluss von einer viel zu kleinen Jacke zuzuziehen. Die Unterarme schauen zur Hälfte aus den Ärmeln raus. Auf dem einen ist ein Schiff tätowiert, auf dem anderen ein Anker. »Wie schön, dass wir uns kennenlernen«, sagt die Frau mit weicher Stimme. »Ich bin Pia, von oben. Komm, ich helf dir mit den Tüten.« Sie vergisst die Sache mit der Jacke, nimmt Maila den Einkauf aus den Händen und stapft munter voran. »Meine Söhne hast du ja schon kennengelernt«, sagt sie. »Die haben meinen Flügel verdreckt«, sagt Maila. »Das müssen Sie bezahlen.«

»Ach, du dicker Barsch«, ruft Pia und Maila versteht nicht, wie das eine Antwort sein soll auf die Sache mit der Reinigung. Aber als sie am Ende der Treppe ankommt, sieht sie, was Pia gemeint hat: Auf dem Boden in Mailas Wohnzimmer steht Wasser. »Ich war doch nur ganz kurz weg, wie können diese beiden schrecklichen Kinder in dieser Zeit eine ganze Überschwemmung hinbekommen haben?«, fragt Maila. Sie hört, wie Pia die Wendeltreppe nach oben rennt, bei jedem Schritt pfützt das Wasser.

Maila wird heiss. Die Badewanne.
Das Wunderkind Maila hat vergessen, dass es ja eigentlich ein Rosmarinbad hatte nehmen wollen heute Morgen. Maila muss sich hinsetzen. Dass ihre Hose dabei nass wird, merkt sie nicht. Sie hört nicht, wie Pia telefoniert. Sie hört gar nichts mehr ausser ihren eigenen Gedanken: Freda hat Recht. Ich bin zu gar nichts zu gebrauchen. Wenn Freda nicht da ist, geht alles den Bach runter. Und zwar einen richtigen Bach! Freda muss herkommen und sich um mich kümmern, damit der Krach aufhört, ich bin sicher, der Lärm ist schuld, das ist ja nicht zum Aushalten, diese Geräusche ständig, das Poltern, das Rufen, das Rauschen.

Wir haben
Frühstück gemacht.

»Wo bin ich?«, fragt Maila und setzt sich auf. »Auf dem Sofa«, sagt Nello. Alles um sie herum ist so eng, dass Maila Angst hat, demnächst von einem Regal oder Schrank verschluckt zu werden. »Frühstück? Wie lange habe ich denn geschlafen?« »Einen Tag, eine Nacht und dann noch ein bisschen länger. Es ist schon fast Abend, aber wir können nur Frühstück machen«, sagt Meo und stellt einen Teller auf die Sofalehne. »Käsebrot mit Marmelade und Schokoladenbrot mit Salz«, erklärt er. Maila hat Hunger, aber ihre Hand will nicht nach den Broten greifen. Wie kommen diese Kinder auf so garstige Ideen? Nello nimmt sich ein Schokoladensalzbrot. Meo will es ihm aus der Hand ziehen, aber Nello ist schneller, er beisst ab und Meo muss loslassen, damit seine Finger heil bleiben. »Das schmeckt«, schmatzt Nello und drückt Brotpampe durch die Zähne. »Aber Schokolade und Salz passen überhaupt nicht zusammen!«, haucht Maila. »Deswegen ist es ja so gut«, antworten Nello und Meo ganz genau gleichzeitig, als hätten sie stundenlang geübt, diesen Satz zusammen zu sagen.

Nello nimmt ein Käsebrot, leckt die Marmelade runter und hält Maila das Brot hin. Maila wird schlecht. Sie will aufstehen, aber Meo hält sie fest. »Du kannst nicht weggehen, du bist unsere Patientin«, sagt er. »Eigentlich wollen wir einen Hund, aber eine Patientin ist auch gut«, sagt Nello. »Ihr braucht jemanden, der sich um euch kümmert, nicht umgekehrt«, sagt Maila, zieht ihre Hand aus Meos Hand und läuft runter in ihre Wohnung. Aller Schwindel schon wieder vergessen.

Arme Maila, in ihrer Wohnung liegt das ganze Parkett in Haufen aufeinander und nicht mehr schön und flach nebeneinander. Grosse Metallkisten mit Propellern drin brummen vor sich hin, um die Luft zu trocknen. Auf dem Flügel liegt eine Decke, an der Hundehaare kleben. »So geht der Flügel doch kaputt«, ruft Maila. »Schutz vor den Trocknern«, ruft jemand aus dem Badezimmer zurück. Bevor Maila nachschauen geht, wer da ist, guckt sie schnell unter die Decke. Die Schokolade wurde abgewischt. Aber von wem? Im Badezimmer kniet ein Mann, der die Fliesen abhaut. »Wieso machen Sie alles kaputt?«, fragt Maila den Mann. Seine Hammerschläge knallen durch ihren Kopf.

Er dreht sich zu ihr um und steht langsam auf. »Kaputt? Du bist ja lustig, Kindchen, ich repariere das Bad. Damit wir den Boden richtig trocknen können, müssen die Fliesen weg. Sonst schimmelt untendrunter alles.« Maila denkt, dass sie noch niemals von irgendjemandem Kindchen genannt worden ist. Noch nicht einmal von Freda. »Sind Sie denn bis heute Abend fertig damit? Weil bei diesem Krach kann ich wirklich nicht schlafen. Ich bin hier, um mich zu erholen, ich brauche viel –« »Heute Abend?« Der Mann lacht so laut, dass ein bisschen weisser Staub aus seinen Haaren rieselt. »Das dauert mindestens eine Woche, wenn nicht länger. Bis dahin musst du irgendwo anders schlafen, Kindchen. Der Flügel wird nachher abgeholt, da ist sicher auch einiges zu machen.« Woher kennt der staubige Mann sich mit Instrumenten aus?

»Ich spiele auch Klavier«, sagt er und Maila fragt sich, ob sie langsam verrückt wird. Kann der Mann ihre Gedanken lesen? »Früher hatten wir eine Musikschule hier. Vorne, am Platz. Aber sie ist mit der alten Franzi gestorben. So ist das hier, Kindchen. Alles vergeht, nur der Wind ist ewig.«

Maila hat keine Lust mehr, dem Mann zuzuhören. Sie will kein Kindchen sein, sie will ihre schöne Wohnung zurückhaben und vor allem: d[illegible]he! Erst kam der Krach nur von oben, aber jetzt kommt er direkt aus M[illegible]s eigener Wohnung. Wie soll sie so jemals gesund werden? Das fragen s[illegible] auch Meo und Nello, die im Treppenhaus stehen und zu Pia runterrufen, d[illegible] Maila wirklich überhaupt keine gute Patientin ist, weil sie keinen Hunger [illegible]t und vor allem nicht liegen bleiben will. »Überlegt euch was«, ruft Pia hoch[illegible]üsste eine Mutter nicht irgendwie hilfreicher sein? Wahrscheinlich schn[illegible]et sie gerade etwas mit dem sehr scharfen Messer und kann deswegen nicht gut nachdenken. Wie macht man aus einer schlechten Patientin eine gute? Nello und Meo waren noch nie im Krankenhaus und wissen es nicht. Wenn sie krank sind, macht Pia Tee und sitzt am Bett und singt. Das ist alles, was sie brauchen.

»Vielleicht braucht sie eine Spritze?«, ruft Nello runter. »Oder einen Gips?« Pia legt das scharfe Messer weg und läuft nach oben, immer zwei Stufen auf einmal. »Lasst mich mal mit ihr reden«, sagt sie, ihre Hände riechen nach Knoblauch, Petersilie und Zitrone. »Geht hoch und überlegt euch, was ihr spielen wollt.« Pia findet Maila in ihrem aufgeweichten Wohnzimmer. »Das wird wieder«, sagt Pia. Sie nimmt einen Zweig Rosmarin hinter dem Ohr hervor, zupft ein Blättchen ab und kaut es. »Hier kannst du im Moment nicht bleiben.« »Ich bin zu nichts zu gebrauchen«, sagt Maila. Sie stellt sich vor, wie sie Freda anruft und ihr sagt, dass sie sie abholen kommen soll. Die Freda in Mailas Vorstellung lacht so schrill darüber, dass es der echten Maila in den Ohren wehtut. Pia isst noch ein Blättchen Rosmarin. »Aufgeben ist schlimmer als verlieren«, sagt sie. Maila weiss nicht, was sie sagen soll. »Komm schon«, sagt Pia und streckt ihre Hand aus. Maila nimmt Pias Hand, lässt sich von ihr aus der Wohnung ziehen und die Treppe hoch. Warum? Vielleicht, weil sie sich doch noch ein bisschen kränklich fühlt? Oder weil sie wirklich überhaupt gar keine Lust hat, Freda anzurufen? Oder weil Pias Hand so schön warm ist?

Spielregeln

»Maila ist jetzt keine Patientin mehr, sondern unser Gast«, sagt Pia, mit Maila in der Wohnung oben angekommen. »Können Gäste auch Spritzen bekommen?«, fragt Nello, der auf einem Stuhl vor dem Regal steht und sich streckt, um an Pias Nähnadeln ranzukommen. »Gäste bekommen einen Ehrenplatz«, sagt Pia und holt Nello vom Stuhl runter. Sie nimmt ein Kissen, das die Form einer Wolke hat, vom Sofa und legt es auf den Boden, wo schon die Memorykarten bereitliegen. »Ich muss zurück in die Küche. Wenn ich fertig bin, komm ich mit dem Abendessen rauf.« Und, schwups, ist sie auch schon raus aus der Tür. Maila setzt sich auf das Kissen. »Wir beide sind gleich alt, deswegen darfst du anfangen«, sagt Meo. Maila nickt. Sie deckt das Feuerwehrauto und das Motorrad auf. Dann dreht sie sie wieder um. Die Zwillinge starren sie an.

»Du musst erzählen«, sagt Meo. »Nein, das zählt nicht, es war nicht das gleiche Bild«, sagt Maila. »Erzählen«, sagt Meo und deckt die beiden Bilder wieder auf. Maila dreht sie wieder um. Und Meo deckt sie wieder auf. »Du bist keine gute Patientin und du kannst nicht Memory spielen«, sagt er. »Das ist doch grotesk.» Er gibt sich grosse Mühe, das schwere Wort richtig zu sagen. Er weiss, dass Erwachsene es verstehen. Pia sagt es, wenn sie mit Tone telefoniert. Sie sagt zum Beispiel: Deine Söhne haben Geburtstag und du kannst dir nicht einmal dann Zeit nehmen, sie besuchen zu kommen? Das ist doch grotesk. Sie sagt das extraleise, weil sie denkt, dass die Zwillinge schlafen. Was Erwachsene eben denken, wenn sie mit sich selbst beschäftigt sind. »Ich kann sehr wohl Memory spielen«, erklärt Maila und dreht die Karten wieder um. »Man deckt zwei Kärtchen auf und nur, wenn es die gleichen sind, darf man sie behalten und ist noch einmal dran.« Nello und Meo müssen lachen. Was für ein Quatsch! Das funktioniert doch gar nicht. Und klingt vor allem langweiliger als Haareschneiden.

»Nochmal von vorn«, sagt Meo. »Du musst zwei aufdecken – so – und dann eine Geschichte erzählen, in der beide drin vorkommen, und wenn sie gut ist, sind wir dran.« »Aber wie bekomme ich dann Punkte?«, will Maila wissen. »Was für Punkte?«, fragt Meo. »Um zu gewinnen«, sagt Maila.

»Memory ist doch kein Wettrennen«, sagt Nello. Er steckt sich ein Ende von seinem Schnürsenkel in die Nase und atmet so fest aus, dass es wieder rausfällt. Dann steckt er sich den Schnürsenkel wieder rein. Und Maila deckt ein Kärtchen nach dem anderen auf. »Ihr wisst genau, dass es darum geht, Paare zu finden«, sagt sie. Maila deckt die Schnecke auf, die Schlange und die Taschenlampe. Die Katze, den Apfel, den Ballon. Als alle Kärtchen aufgedeckt sind, ist nur das Motorrad doppelt. Maila atmet langsam aus.

»Wo sind denn die restlichen Karten?«, fragt sie. »Das sind alle«, sagen Nello und Meo. Nello ein bisschen genäselter, wegen dem Schnürsenkel. Maila schaut sich um, obwohl sie weiss, dass es ziemlich unwahrscheinlich ist, hier irgendetwas zu finden. Alles ist ineinandergestapelt, aufsnächstegerettet, zwischenreingezirkelt. »Wir könnten sie suchen«, sagt sie. »Oder endlich spielen«, sagt Meo, dreht die Karten wieder um und mischt sie. Maila deckt das Gespenst und den Apfel auf. Sie sieht die Karten an und dann die Zwillinge. »Das kann nicht beides in einer Geschichte vorkommen«, sagt sie.

Meo schlägt vor: »Wir könnten auch so spielen, dass du immer die Karten aufdeckst und wir erzählen.« Er tippt mit seinem Zeigefinger ein paar Mal auf die Karten – Gespenst, Apfel, Gespenst, Apfel – und dann weiss er's: »Das Gespenst möchte einen Apfelkuchen backen, aber es hat keine Äpfel. Weil der Laden immer zu ist in der Nacht, wenn es wach ist. Es heult und heult. Es klopft an die Fenster und fragt, ob ihm jemand Äpfel schenkt, aber niemand versteht Gespenstersprache, und deswegen denken die Menschen, dass das Gespenst gefährlich ist. Die Menschen schreien. Da bekommt das Gespenst Angst und fliegt ganz weit weg, bis ans Ende der Stadt. Es fliegt durch einen Wald. Am Ende vom Wald kommt es an eine Wiese, wo ein Apfelbaum draufsteht. Da muss es nur noch ein paar Nächte warten, bis die Äpfel reif sind. Es tut so, als wäre es eine Decke, und legt sich zum Schlafen unter den Baum. Es schläft lange. Dann sind die Äpfel reif. Sie fallen auf die Decke, die in Wirklichkeit das Gespenst ist. Es knotet sich zu, fliegt nach Hause und bäckt einen Kuchen. Aber Gespenster können gar nicht essen, weil unter dem Tuch alles leer ist. Da wird das Gespenst traurig. Der Apfelkuchen riecht so gut. Das Gespenst bringt den Kuchen zu den Menschen und tut so, als ob es eine Tischdecke wäre. Die Menschen freuen sich und alle wollen noch ein Stückchen mehr.«

»Zählt das?«, fragt Nello. Maila klatscht. »Das hast du dir eben gerade ausgedacht?«, fragt sie. »Es muss ja immer eine neue Geschichte sein, sonst gilt es nicht«, sagt Meo. Plötzlich kommt es Maila auch schrecklich langweilig vor, nur gleiche Bilder zu suchen. Sie dreht zwei neue Kärtchen um: Fisch und Tulpe. Nello ist dran, aber vielleicht fällt dir ja eine Geschichte ein? Wenn ja, erzähl sie schnell, bevor Pia mit dem Abendessen nach oben kommt, sie ist schon auf dem Weg.

»Voilà«, sagt Pia und steigt aus ihren Schuhen, während sie versucht, das Tablett gerade zu halten. Maila merkt erst jetzt, dass sie Hunger hat. Einen Riesenhunger, um genau zu sein, immerhin hat sie ja seit fast zwei Tagen nichts gegessen. Nello und Meo räumen die Karten zusammen und stemmen sich gegen die Couch, um sie ein Stückchen nach hinten zu schieben. Dann klappen sie etwas, das Maila für einen Schrank gehalten hat, von der Wand: der Tisch. Pia stellt das Tablett darauf ab und zieht vier Hocker hervor. Pia schöpft allen eine Portion Erdbeer-Risotto auf den Teller. Maila denkt, dass das auch wieder gar nicht zusammenpasst: Erdbeeren und Käse und Salz, aber sie ist zu hungrig, um den Teller wegzuschieben. Noch bevor alle »Guten Appetit« gesagt haben, steckt sie sich einen Löffel voll in den Mund. Und dann noch einen. Und noch einen. Mailas Teller ist der erste, der leer ist. Wer hätte das gedacht?

Zum Dessert bekommt jeder ein Schüsselchen Schokoladenmousse aus Nellos und Meos Fach im Kühlschrank. »Wir helfen dem Konditor dabei, neue Rezepte zu erfinden. Also er macht die Rezepte und wir sagen, ob sie gut sind«, sagt Nello. »Das hier ist Schokoladencreme mit Oliven. Seine neuste Idee«, sagt Meo, während er den Schöpflöffel abschleckt. Für einen kurzen Moment denkt Maila, dass in diesem Städtchen einfach alle verrückt sind. Dann probiert sie, und es schmeckt himmlisch. Viel besser als Schokolade allein. »Ich bete, dass er nie berühmt wird und von hier wegzieht«, sagt Pia und Meo und Nello nicken, ganz genau gleichzeitig. Nach dem Essen wird der Tisch wieder eingeklappt, die Hocker werden aufeinandergestapelt und weggeschoben. Während Nello und Meo sich bettfertig machen, zieht Pia die Couch aus und bringt Maila ihre Decke. Normalerweise wird die Couch abends zu Pias Bett, aber damit Maila Platz hat, schläft Pia im Zimmer von Nello und Meo. Maila denkt, dass sicher die Couch, die abends aus- und morgens eingeklappt werden muss, so schrecklich gepoltert hat. Von hier oben war es gar nicht laut, nicht mal ein bisschen. Auch die Zwillinge sind nicht so laut, wenn man nicht unter ihnen wohnt, sondern mit ihnen, findet Maila.

Neue Freunde und ein neues Problem

Im Lauf der Nacht kuscheln sich die Zwillinge zu Maila aufs Sofa, wie sie es normalerweise machen, wenn Pia dort liegt. Maila wacht also davon auf, dass es plötzlich sehr warm und ein bisschen eng ist. Sie hört die Zwillinge leise atmen im Schlaf – ganz genau gleichzeitig – und weiss nicht, was zu tun ist. Soll sie die beiden zurücktragen? Oder soll sie sich in das freigewordene Bett legen? Sie streckt den Fuss unter der Decke hervor, überlegt es sich aber anders. Denn obwohl es eng und warm ist, ist es auch gemütlich. Maila dreht sich um, denkt an das Apfelkuchen-Gespenst und ist schon wieder eingeschlafen.

Als Maila aufwacht, kribbelt ihr Bauch und die Beine sind so zappelig, dass sie nicht länger liegenbleiben kann. Sie hatte im Traum eine Idee. Maila zieht sich an, schleicht aus der Wohnung und zur Piazza. Sie friert ein bisschen, weil sie ihre Jacke vergessen hat, aber das ist jetzt nicht so wichtig. Wichtig ist: auf Kurs bleiben. Und das hat Maila fest vor.

Sie schaut bei einem nach dem anderen Haus in die Fenster im Erdgeschoss. Sie sieht: Wohnzimmer, Arbeitszimmer, Bücherzimmer und Esszimmer. Sie sieht sieben Wanduhren, ein Fitness-Fahrrad, ein Terrarium und zwei Bügelbretter. Sie sieht Fernsehgeräte und Stehlampen und einen Weihnachtsbaum, der komplett kahl ist, aber die Kugeln hängen noch dran. Nur in einem Haus sind die Fenster im Erdgeschoss mit dicken roten Vorhängen verhängt. Das muss es also sein.

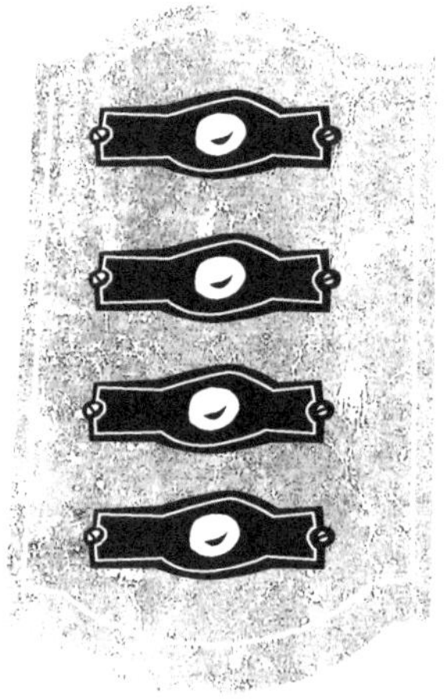

Maila klingelt in allen Stockwerken, bis sie endlich Schritte hört. »Donnernocheins«, ruft eine Stimme durchs Treppenhaus, »dass ihr Paketboten immer so früh kommen müsst! Und die elektrische Pfeffermühle gebe ich gleich wieder zurück, die leuchtet nicht halb so schön wie im Fernsehen.« Erst jetzt geht die Tür auf und Lukrezia streckt Maila ein Paket entgegen. Weil Lukrezias Hände zittern, zittert das Paket auch. Maila schüttelt den Kopf. »Ich bin nicht von der Post, ich würde gern die ehemalige Musikschule besichtigen«, sagt sie. Lukrezia bewegt sich nicht und antwortet nicht. »Ich brauche einen Raum zum Üben«, sagt Maila etwas lauter. »Da«, sagt Lukrezia und zeigt zum Ende des Flurs, »war schon lange niemand mehr drin.« Lukrezia stellt das Paket für den Postboten auf der Treppe ab und geht mit kleinen Schritten zur Tür. Maila ist auf Spinnenweben gefasst, auf Staub, auf flackerndes Licht, auf tote Käfer in den Ecken.

Aber sie kommt in einen Raum, der so sauber ist, dass der glänzende Holzboden fast spiegelt. »Ich dachte, hier ist schon lange niemand mehr drin gewesen«, sagt Maila. »Niemand ausser mir«, sagt Lukrezia und stützt die Hände auf den Oberschenkeln ab, um den Rücken ein bisschen zu strecken. »Wenn die im Fernsehen nichts Gutes zeigen, mach ich ein bisschen Ordnung. Ist doch schade sonst, oder nicht?«

Maila nickt und setzt sich an den Flügel. Sie schlägt ein paar Tasten an. Der Flügel ist gestimmt und hat einen schönen, reinen Klang. Fast sogar noch schöner als Mailas eigener. Sie stellt den Deckel auf, setzt sich auf den Hocker und spielt. Sie spielt und spielt und als sie fertig ist, sieht sie, dass Lukrezia auf einem Stuhl sitzt und die Augen geschlossen hat. Ob sie eingeschlafen ist?

»Wenn ich zuhören darf, können Sie hier spielen, wann immer Sie wollen«, sagt Lukrezia in die Stille hinein. Maila ist einverstanden, mit Publikum spielt sie sowieso lieber als ohne. Und sie hat noch eine Idee. »Ich könnte auch Klavierunterricht geben«, sagt Maila, »ich habe gehört, früher war das recht beliebt.« »Beliebt?«, fragt Lukrezia und lacht in sich hinein, »ich sage Ihnen, hier waren jeden Nachmittag zehn, zwanzig Kinder, als Franzi noch gelebt hat. Sie hat einem Kind Unterricht gegeben und die anderen haben zugehört, und so ging das Tag für Tag. Das war unsere schönste Zeit.« Dann sagt sie nichts mehr und wischt sich über die Augen. Lukrezia zeigt mit ihrem schiefen Zeigefinger nach oben. Entweder Richtung Wohnung oder in Richtung Himmel, da ist sich Maila nicht ganz sicher. Dann geht Lukrezia nach draussen.

»Ich halte die Leiter, und Sie schneiden«, ruft Lukrezia nach einer Weile, damit Maila nachkommt. Und genau das machen die beiden: Lukrezia hält die Leiter fest, die sie an die Hauswand gelehnt hat, und Maila klettert hoch und schneidet den Efeu weg. Die Schere geht schwer. Maila weiss gar nicht, was das alles soll, aber weil Lukrezia so nett zu ihr ist, fragt sie nicht nach. Ein Ästchen nach dem anderen schneidet Maila weg und zum Vorschein kommt ein schönes, goldenes Schild, auf dem steht: Musikschule.

MUSIKSCHULE

Meine Musikschule, denkt Maila auf dem Nachhauseweg immer wieder, Meinemusikschulemeinemeinemeinemusikschule. In meiner Musikschule könnten Meo und Nello Klavier spielen lernen, wenn Pia arbeiten muss. Das wäre doch für alle gut: Pia hat Ruhe, die Zwillinge sind beschäftigt und ich habe meine ersten Schüler. Was sie dazu wohl sagen? In Musikschulgedanken versunken öffnet Maila die Haustür und rennt geradewegs in den Bauch des Hausbesitzers. »Fräulein Amati, ich habe bereits nach Ihnen gesucht«, sagt der Besitzer und streicht sich zweimal über den Schnurrbart. »Vielleicht könnten wir zusammen…«, sagt er und zeigt nach oben, »die Arbeiter sind heute schon fertig geworden. Wenn ich bitten darf.« Der Besitzer geht die Treppen hoch und Maila geht hinterher. Oben hält er ihr die Tür auf: Die Wohnung sieht wieder so aus wie vor dem Wasserschaden. »Wir hatten Glück, die Versicherung ist bereit, alle Kosten zu übernehmen«, sagt der Besitzer. »Sehen Sie: Marmor aus Carrara.« Er klopft mit dem Finger dagegen und es klingt nach Stein. Maila nickt. Schön. »Und hier, Schiffsbodenparkett, das hat meine Frau Filomena ausgesucht.« Maila nickt wieder, Parkett aus Schiffen, was es nicht alles gibt. Immerhin kann Maila so eine echte Kapitänin sein. »Es war wirklich ein blöder Unfall«, sagt sie.

»Fräulein Amati, ich bitte Sie, Sie konnten doch nicht wissen, dass der Überlauf defekt war, ist es nicht so? Ich hoffe, Sie haben trotz der Störungen einen guten Aufenthalt. Meine liebe Frau Filomena lässt ausrichten, es wäre uns ein Vergnügen, Sie einmal als Gast bei uns zu haben. Nächsten Samstag zum Beispiel.« Maila nickt ein ganz kleines bisschen. So, dass es fast schon kein Nicken mehr ist, eher ein Wackeln mit der Nase. »Fantastisch!«, freut sich der Besitzer und klatscht in die Hände. Dabei fällt ihm auf, dass er einen Brief festhält. Er hätte ihn lieber nicht geschrieben, aber Filomena hat gesagt, er muss. »Wie stehen wir denn sonst da?«, hat sie gefragt. »Wir haben überall damit angegeben, dass das Wunderkind Maila Amati in unserem Haus wohnt. Wenn sie jetzt wieder auszieht, weil es ihr zu laut ist, machen sich alle lustig über uns.«

Der Brief ist adressiert an: Pia Merlo. »Lassen Sie mich Ihnen nun einen schönen Tag wünschen«, sagt der Besitzer, nimmt Mailas Hand und drückt seinen Schnurrbart wie einen Poststempel darauf. »Wir erwarten Sie also am Samstag gegen achtzehn Uhr.« Mit diesen Worten dreht er sich um und geht. Der Brief. Natürlich. Maila hat dem Besitzer eine schlechte Bewertung geschrieben und jetzt schreibt der Besitzer Pia einen bösen Brief. So geht das. Aus einer bösen Nachricht werden zwei.

Bestimmt verlangt der Besitzer, dass die Zwillinge leiser sein müssen. Er kann ja nicht wissen, dass es inzwischen gar keinen Krach mehr gibt, der Maila stört. Er kann auch nicht wissen, dass Maila bei Pia, Nello und Meo wohnt und dass sie Freunde geworden sind.

Mailas Wohnung ist sehr leer ohne den Flügel, der noch bei der Reparatur ist. Nach den Tagen in der klitzekleinen Dachwohnung oben kommt ihr die Wohnung riesig vor, wie ein Bahnhof. So viel Platz!

Maila fühlt sich
plötzlich klein
und allein,
ein Gefühl,
das ihr gar nicht
bekannt vorkommt
und ihr vor allem
gar nicht
gefällt.

Deswegen ist es gerade gut

»Das kann der nicht machen«, sagt Pia immer wieder und hält Maila den Brief hin, zittert aber so sehr, dass nichts zu erkennen ist. »Der kann uns nicht einfach so rausschmeissen.« »Er hat euch gekündigt?«, fragt Maila und ihr Mund ist trocken wie ein Rosinenkeks. »Das sage ich ja die ganze Zeit. Einfach so, ohne Grund: Rauswurf. Was denkt der denn, wo wir hinsollen? Als ob es tausende Wohnungen gäbe, die wir uns leisten können«, sagt Pia. Sie knüllt den Brief zusammen und wirft ihn aus dem Fenster. Das Geräusch, mit dem das Papier im Hof landet, klingt wie ein Seufzer. Ganz genau so, wie Mailas Herz klingen würde, wenn es seufzen könnte.

Maila will sagen, dass sie an allem schuld ist, aber als sie den Mund aufmacht, ist noch mehr Trockenheit drin und überhaupt keine Stimme. Das Letzte, was sie will, ist, dass Pia, Nello und Meo weggehen. Maila sagt: »Ihr könntet bei mir wohnen.«

»Bei dir?«, fragt Pia und verschluckt sich fast. »Du musst dich nicht für uns verantwortlich fühlen, nur weil du ein paar Nächte auf der Couch geschlafen hast.« »Bei mir könnte jeder von euch ein eigenes Zimmer haben. Und es gäbe Platz für all eure Sachen! Wir könnten einen richtigen Esstisch kaufen, der nie eingeklappt werden muss. Und für dich ein richtiges Bett.« »Dass es bei dir genug Platz gibt, stimmt«, sagt Pia. »Aber erstens kann ich mir das nicht im Entferntesten leisten und zweitens ändert das rein gar nichts daran, dass Nello und Meo wild sind und dich das stört. Aber Kinder müssen wild sein können, weisst du?« Da ist sich Maila nicht so sicher, sie selbst war als Kind jedenfalls nie wild. Das Wildeste, an was sie sich erinnern kann, ist: dass sie einmal ein Bonbon gelutscht hat beim Klavierspielen. »Ich habe vorhin die Musikschule wiedereröffnet. Nello und Meo müssen meine ersten Schüler sein!« »Das wäre ziemlich schön«, sagt Pia. »Zu schön, um wahr zu sein.« Dann flüstern die beiden so leise, dass nichts zu verstehen ist.

Zum Abendessen hat Maila Pia, Nello und Meo eingeladen. Maila hat ein Rezept gelesen und war einkaufen. Jetzt steht sie in der Küche. »Eventuell noch etwas Tomatensaft zur Sosse geben, bis die gewünschte Konsistenz erreicht ist. Die Schokoladensosse mit Salz, Zimt und Zucker abschmecken.« Maila hat keine Ahnung, was sie machen soll. Woher soll sie wissen, welche Konsistenz sie sich wünscht? Und wie soll sie etwas abschmecken, was sie noch nie gegessen hat? Das Wunderkind Maila wirft den Löffel in den Topf. Der Spritzer, den sie damit verursacht, fliegt aus dem Topf raus und auf Mailas Pullover, wie eine kleine Rakete. Heisst das eventuell, dass die Konsistenz gut ist? Auf Kurs bleiben, denkt Maila und holt ihre Gabel. Sie streut die Gewürze in die Schokoladensosse, von jedem ein kleines Häufchen, gabelt durch die Sauce und kostet. Es schmeckt süss und salzig zugleich, Maila bekommt eine Gänsehaut. Sie kostet gleich noch eine Gabel voll. Danach streut Maila ein bisschen Reis in die Sosse und trägt den Topf ins Wohnzimmer.

Dort sitzen Pia, Nello und Meo mit Geschirr und Besteck aus der Wohnung oben auf dem Boden. Bis Maila sich hingesetzt hat, hat Pia geschöpft. Der Reis ist natürlich noch viel zu hart. Aber man kann ihn ausspucken wie Melonenkerne. Und die Sosse ist richtig gut. Nello und Meo wollen mehr. Maila löffelt ein bisschen Sosse und ihr Herz klopft vor sich hin, jetzt sogar noch mehr als beim Kochen. »Maila und ich, wir wollen euch etwas fragen«, sagt Pia und wischt sich den Mund sauber. Dann schaut sie Maila an und das heisst: Sag du's ihnen. Maila räuspert sich und sagt: »Ihr könnt bei mir wohnen und jeder bekommt sein eigenes Zimmer.« »Aber wir wohnen doch oben«, sagt Nello. »Oben können wir nicht mehr wohnen, weil da jemand anderes einzieht. Und Maila hat genug Platz für uns alle. Ist das nicht toll?« »Warum kann jemand anderes in unserer Wohnung wohnen?«, will Meo wissen. »Weil der Besitzer machen kann, was er will«, sagt Pia und schnaubt. Nello und Meo flüstern. Sie sind nicht sicher, ob sie das alles gut finden. Maila kaut auf einem Reiskorn herum. Wie soll sie Pia bloss die Wahrheit sagen? Dass sie selbst, das Wunderkind Maila, der Grund für die Kündigung war? »Was ist denn das für ein Trubel hier«, fragt Freda, die schon wieder ganz plötzlich im Wohnzimmer steht. »Du brauchst doch Ruhe«, sagt sie streng. »Das sind Pia, Nello und Meo«, sagt Maila, »das ist Freda, meine Mutter und Managerin.«

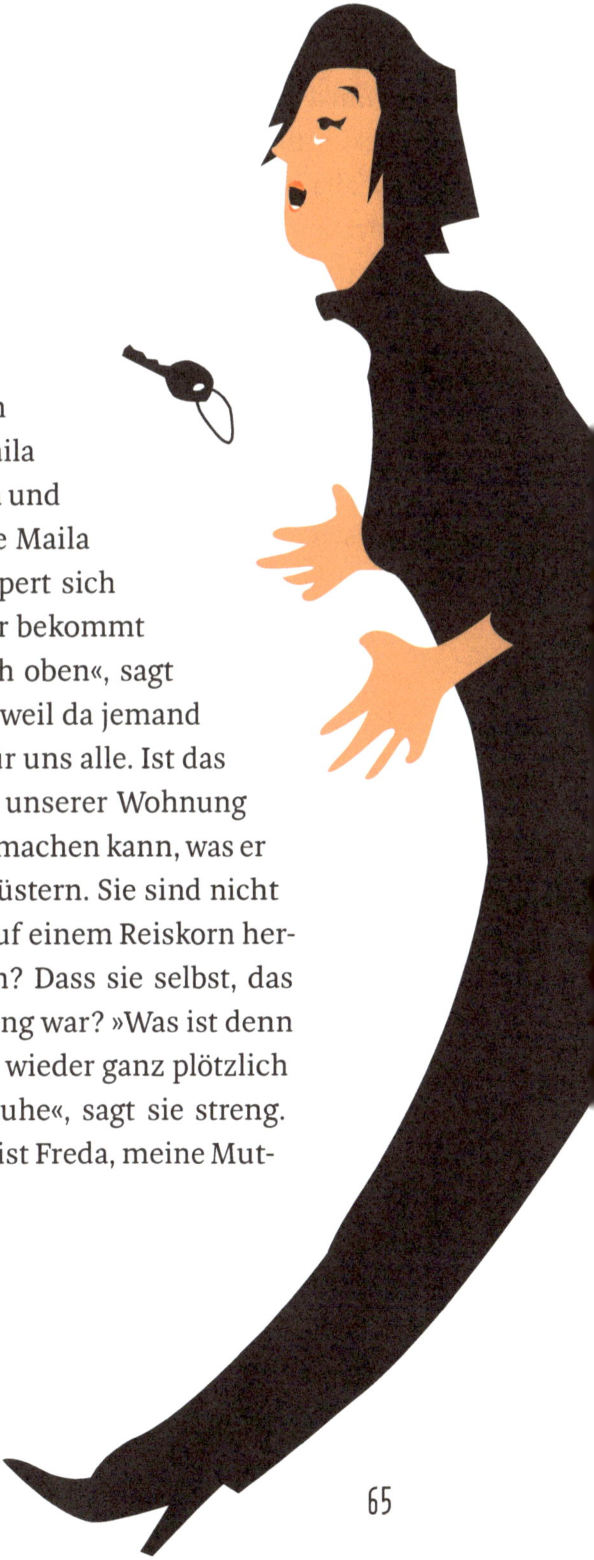

»Wir ziehen hier ein!«, erklärt Meo. »Dann bist du also wieder gesund und kannst deine Tournee fortsetzen? Und hast dich ganz allein um Nachmieter gekümmert? Du bist ja doch zu mehr gebrauchen, als man denkt«, sagt Freda. »Maila ist überhaupt nicht allein«, sagt Nello. »Ich werde erst mal eine Pause machen mit Konzerten«, sagt Maila und fühlt sich sehr erwachsen, »Nello, Meo und Pia ziehen bei mir ein.« Freda dreht sich halb um und wieder zurück, ihre Absätze quietschen auf dem Parkett. »Du willst was?«, kiekst sie. »Mit irgendwelchen Leuten leben und nicht mehr Klavier spielen? Das passt doch überhaupt nicht zu dir.« »Deswegen ist es ja gerade gut«, rufen Nello und Meo ganz genau gleichzeitig. »Ich hab nicht gesagt, dass ich nicht mehr Klavier spiele«, korrigiert Maila, »aber nicht mehr auf der Bühne, sondern in der Musikschule am Platz.«

»Du hast ja nicht mehr alle Tasten am Schrank!« Freda ist so wütend, dass sie Maila am liebsten schütteln würde. »Du kommst jetzt sofort mit mir in die Stadt«, zischt sie und zeigt mit ausgestrecktem Arm zur Tür. Aber Maila bleibt sitzen. Pia legt ihre Hand auf Mailas Hand und so ist es leichter für Maila, Fredas Arm nicht zu folgen. Sie will nämlich hierbleiben, genau hier. Nach einem ziemlich langen Moment sackt Freda in sich zusammen. »Vielleicht willst du was essen? Hab ich selbst gekocht«, sagt Maila und schiebt Freda ihren Teller hin. Freda drückt ihre Lippen so fest zusammen, dass sie weiss werden. Pia geht in die Küche, ans Fenster. Die Zwillinge holen die Memorykarten und legen sie auf dem Boden aus. Weil Freda nichts macht, ausser die Lippen zusammendrücken, dreht jeder von beiden eine Karte um: Motorrad und Luftballon. Meo fängt an: »Einmal gab es ein Motorradrennen, das genau andersrum war: Der Gewinner oder die Gewinnerin musste als letztes ins Ziel kommen. Deswegen hatte eine Fahrerin die Idee ...«

Obwohl Maila die Geschichte gern hören würde, geht sie zu Pia ans Küchenfenster. Mailas Knie zittern. Maila steht so lange da und zittert mit den Knien, bis Pia drei Blättchen Rosmarin gegessen hat. Dann flüstert das Wunderkind Maila Pia die Wahrheit ins Ohr: Dass der Besitzer Pia gekündigt hat, weil Maila sich über die Zwillinge beschwert hat. Sie flüstert eine Entschuldigung und dass sie gar nicht mehr verstehen kann, wie sie so fies sein konnte. Mailas Gesicht leuchtet wie eine Kochplatte. Pia nickt. Pia flüstert zurück: »Das hab ich mir schon gedacht.« Dann nimmt sie Maila in den Arm und das Wunderkind fühlt sich leicht, leichter als ein Luftballon, leichter als die Luft selbst.

Sechs Schokoladenrezepte
von René Frank

Ein Spezialkoch für Dessert

Den Konditor, der sich in der Geschichte die Schokoladenmousse mit Oliven ausgedacht hat, gibt es wirklich: Er heisst René Frank und ist Patissier, Spezialkoch für Süsses. René findet Desserts so gut, dass er sie in seinem Restaurant CODA in Berlin als Vorspeise, als Hauptgang und als Nachtisch serviert! Das Menü ist aber nicht so süss, wie du jetzt vielleicht denkst, weil René ohne Industriezucker kocht. Für alle, die wie Nello und Meo Schokolade lieben und gern neue Geschmäcke entdecken, hat er sich sechs ungewöhnliche Dessert-Rezepte ausgedacht.

Aber bevor René mehr über diese Rezepte erzählen kann, müssen wir wissen, was Industriezucker überhaupt ist. Klingt irgendwie nach Maschinen und Lärm. Habt ihr solchen Zucker schon mal gegessen? Nein? Ziemlich sicher doch! Denn gemeint ist der ganz normale, weisse Kristallzucker, den ihr zuhause habt. Wenn ihr wisst, wo er steht, könnt ihr eine feuchte Fingerspitze voll im Mund zergehen lassen, bevor ihr weiterlest. Was schmeckt ihr? Wahrscheinlich, dass der Zucker süss ist. Hat er einen eigenen Geschmack, wie zum Beispiel Honig? Eher nicht, stimmt's? Zucker ist einfach nur süss.

Raffinierter Zucker

Und damit sind wir schon auf der richtigen Spur. Denn es ist so: Zucker wird bei uns aus Zuckerrüben hergestellt, sie sehen aus wie sehr dicke Karotten, sind aber weiss und schmecken süss. Sie werden geerntet, gewaschen, in Stücke geschnitten und ausgekocht. So entsteht ein Zuckersaft, der dunkelbraun ist. Das heisst, dass der Zuckersaft sehr gründlich gereinigt werden muss, bis er so weiss ist, wie wir Zucker kennen. Bei dieser Reinigung, die man auch raffinieren nennt, wird in einem chemischen Prozess alles entfernt, was nicht pure Süsse ist. Der Geschmack nach Rübe wird also weggeputzt. Ist alles sauber, wird der Zucker, der immer noch flüssig ist, kristallisiert. So bekommt er die Form, wie der Zucker in der Küche steht: kleine weisse Krümelchen, die sich praktisch löffeln oder schütten lassen.

Obwohl Industriezucker also aus etwas Natürlichem wie der Rübe gemacht wird, braucht es eine sehr grosse Fabrik mit Maschinen und Lärm, um ihn herzustellen. Dabei geht der Geschmack verloren und nur die Süsse bleibt übrig. Diese Süsse ist viel stärker, als sie in der Natur vorkommt, und wir können mehr davon essen, weil zum Beispiel der Tee, in den wir Zucker tun, nicht nach zwei Löffeln nach Rübe schmeckt. Das hat zur Folge, dass wir nicht merken, wenn wir zu viel Zucker essen. Beim Salz zum Beispiel ist das ganz anders: Da schmecken wir sofort, wenn es zu viel ist.

Jetzt wissen wir, was Industriezucker ist, und wir wissen auch, warum es tückisch ist, ihn zu verwenden. Aber wir wissen immer noch nicht, wie René ohne ihn auskommt. Weil ein Dessert, das nicht süss ist, ist gar kein Dessert, oder? »Das ist richtig«, sagt René, »abgesehen vielleicht von Käse, den man zum Beispiel in Frankreich oft nach dem Essen isst, sind Nachspeisen meistens süss. Auch meine Desserts sind süss. Aber sie werden nicht süss, indem ich Industriezucker verwende. Ich arbeite mit unraffiniertem Zucker oder mit der Eigensüsse der Produkte. Auf diese Weise ist alles natürlich.«

Unraffinierter Zucker

Um zu erklären, was unraffinierter Zucker ist, müssen wir noch wissen, dass Zucker nicht nur aus Rüben gemacht werden kann. In wärmeren Ländern wird er aus Zuckerrohr hergestellt: Die Pflanze sieht aus wie Schilf oder Mais mit dünnen Blättern. Die Süsse liegt im Stamm. Wenn man ihn abschneidet und auspresst, bekommt man Zuckersaft. Der Zuckersaft aus dem Zuckerrohr ist braun. Diesen Zuckersaft kann man genauso raffinieren wie den Rübenzuckersaft, aber ganz weiss wird er trotzdem nicht. Deswegen heisst er bei uns brauner Zucker oder Rohrzucker. Das Gute ist: Man muss den Zuckerrohrsaft nicht raffinieren. Man kann ihn einfach trocknen lassen und dann mahlen. Das bedeutet, dieser Zucker wird nicht gereinigt, ist also dunkelbraun, und der Geschmack nach Zuckerrohr bleibt drin. Deswegen heisst er Vollrohrzucker, ein anderer Name ist Muscovado oder Mascobado. Er schmeckt ein bisschen wie Malzbier, im Bild rechts ist er im blauen Schälchen.

Kokosblütenzucker (im Bild im gelben Schälchen) ist ebenfalls unraffiniert: Der süsse Saft aus den Blüten der Kokospalme wird so lange eingekocht, bis er kristallisiert. Er schmeckt nach Karamell. Auch aus Zuckerrüben kann man unraffinierten Zucker machen, allerdings nicht in Kristallform: Man kann nämlich den braunen Sirup essen, der entsteht, wenn die Rübenstücke ausgekocht werden. Man muss ihn nur ein bisschen einkochen lassen, damit er dickflüssig wird, und schon ist er fertig: der Zuckerrübensirup, auch Melasse genannt, im Bild auf dem weissen Teller unten.

Ein anderer unraffinierter Zucker in Sirupform kommt aus dem Wald: Wie beim Zuckerrohr ist im Stamm der Ahornbäume ein süsser Saft enthalten. Man muss die Baumstämme aber nicht abschneiden und auspressen, um ihn zu gewinnen. Es werden einfach Löcher in die Rinde gebohrt und er läuft heraus. Dieser Saft wird eingekocht zu Ahornsirup (im Bild ist er im weissen Schälchen).

Eigensüsse

Ahornsirup, Muscovado, Kokosblütenzucker und Rübenzuckersirup sind reine Naturprodukte, die man statt Industriezucker beim Kochen, Backen und Abschmecken verwenden kann. Man kann aber auch mit Zutaten kochen, die von sich aus so süss sind, dass man gar keinen Zucker dazugeben muss. Kokosnuss zum Beispiel ist eine sehr süsse Frucht. Bananen, wenn sie richtig reif sind, sind auch sehr süss. Wenn eine Frucht natürlicherweise so viel Fruchtzucker enthält, dass sie süss schmeckt, nennt man das Eigensüsse.

»Ich muss anders denken als andere Patissiers, um ein Rezept zu erfinden, weil ich ohne Industriezucker arbeite«, sagt René. »Ich muss mir zuerst überlegen, wo ich die Süsse herbekommen will. Dann wähle ich die anderen Zutaten so aus, dass sie zu dieser Grundzutat passen. Bei den Rezepten für Nello und Meo habe ich natürlich darauf geachtet, dass immer Schokolade vorkommt. Besser gesagt: Kakaomasse, weil in fertiger Schokolade nämlich Industriezucker und jede Menge andere Dinge drin sind, von denen man nicht sagen kann, wo sie herkommen und ob sie fair produziert wurden. Ich finde, wenn man etwas Süsses isst, sollte es richtig gut sein und so natürlich wie möglich.«

Schokolade

Schokolade wird hergestellt aus Kakaopulver, Kakaobutter, Zucker und Milch, wenn es Milchschokolade ist. Kakaopulver und Kakaobutter werden beide aus den Kernen der Kakaobohne gewonnen. Die Kakaobohnen sind die Samen des Kakaobaumes, die sich in der Frucht des Kakaobaums finden. Die Kakaofrucht sieht ein bisschen aus wie ein Kürbis. Wenn man sie aufschneidet, liegen die Samen, also die Kakaobohnen, in der Mitte eingekuschelt.

Die Kakaobohnen werden gereinigt, geröstet und geschält. Die Schale kommt weg. Der Kakaobohnenkern ist das, was essbar ist und woraus Kakao gemacht wird. Man kann ihn sogar pur essen, wenn er in kleine Stückchen gebrochen wird. Man nennt diese Stückchen Kakaonibs und sie sind ziemlich gesund. René benutzt sie im Rezept »Schokoladencreme mit Sonnenblumenkernmilch und Kakaobohnen-Crunch« – sie schmecken auch sehr lecker einfach so im Müesli.

Wenn man die Kakaobohnenkerne nicht direkt wegknabbert, sondern mahlt, entsteht die sogenannte Kakaomasse. Ihr braucht sie für fast alle Rezepte in diesem Buch. Wahrscheinlich müsst ihr sie in einem Spezialgeschäft kaufen oder im Internet bestellen, weil die Kakaomasse normalerweise direkt weiterverarbeitet wird: Sie wird gepresst. Beim Pressen entsteht ein sogenannter Presskuchen, der hart ist und aus dem später Kakaopulver gemacht wird. Ausserdem entsteht Kakaobutter. Beides wird für die Herstellung von Schokolade benötigt.

Dadurch, dass ihr die Desserts nicht aus fertiger Schokolade macht, sondern mit dem Naturprodukt Kakaomasse arbeitet, könnt ihr sicher sein, dass ihr kein Krümelchen Industriezucker esst. Und ihr wisst genau, welche Zutaten ihr verarbeitet, wo sie herkommen und ob sie nachhaltig angebaut wurden.

Kakaofrucht
Kakaobohnen
Kakaobohnenkerne

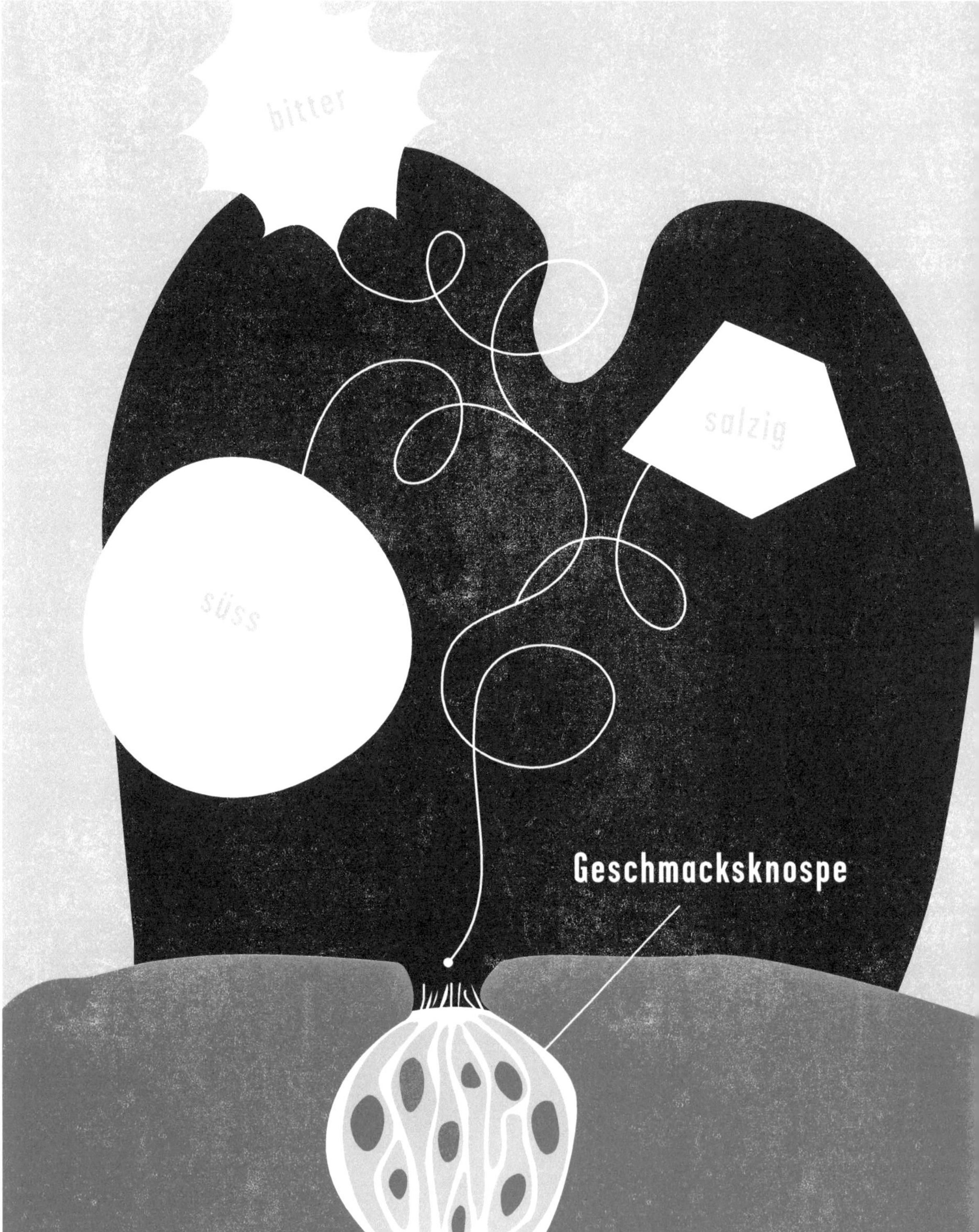
bitter
salzig
süss
Geschmacksknospe

Komplexität

»Es gibt noch einen Trick, der in den Rezepten vorkommt und der mit Süsse zu tun hat«, sagt René. »Ich habe ihn in der Schokoladenmousse mit Oliven angewendet. Sie besteht nur aus Eischnee, Sojamilch, Kakaomasse und Ahornsirup. Der Haken ist, dass alle schon einmal eine Schokoladenmousse gegessen haben und sich erinnern, wie sie geschmeckt hat. Nämlich ziemlich süss. Dass ich in meinem Rezept den Industriezucker durch den weniger süssen Ahornsirup ersetzt habe, würde sofort auffallen. Es wäre klar, dass etwas fehlt.

Deswegen habe ich etwas anderes hinzugegeben: Komplexität. Komplex ist etwas, das auf den ersten Blick nicht zu durchschauen ist. In diesem Rezept ist das ein ganz anderer, dritter Geschmack, den man überhaupt nicht erwartet. Nämlich salzige Olivenstückchen.«

Moment mal, ein dritter Geschmack? Welche zwei Geschmäcke sind denn drin in Schokoladenmousse? René hat doch gerade gesagt, die Mousse sei süss, oder nicht? »Ja, das stimmt, Schokoladenmousse ist natürlich süss. Aber nicht nur, denn die Kakaomasse allein ist bitter. Ziemlich bitter sogar. Der Geschmack von der Mousse setzt sich also aus den beiden Qualitäten süss und bitter zusammen.« Insgesamt gibt es fünf Geschmacksqualitäten, die die zehntausend Geschmacksknospen auf der menschlichen Zunge wahrnehmen können: süss, sauer, salzig, bitter und umami. Umami bedeutet würzig, wie zum Beispiel getrocknete Tomaten oder Sojasauce. Scharf ist kein Geschmack, sondern ein Gefühl: Die Zunge empfindet etwas Scharfes genau gleich wie eine Verbrennung.

»Indem das Rezept die süss-bittere Schokoladenmousse mit den salzigen Oliven kombiniert, entsteht ein komplexes Geschmackserlebnis. Und niemandem fällt auf, dass weniger Süsse in der Mousse ist. Ausserdem beweist das Rezept auch, dass Nello und Meo absolut Recht haben: Manchmal sind genau die Sachen richtig gut, die auf den ersten Blick überhaupt nicht zusammenpassen.«

Jetzt kann's losgehen!

Ihr wisst jetzt, warum die Desserts, mit denen ihr euch in Nellos und Meos Welt kochen könnt, ziemlich besonders sind: Sie sind nur aus natürlichen Produkten gemacht. Manche davon gibt es im Supermarkt, andere sind schwieriger zu bekommen. Auf der nächsten Seite steht, wo ihr sie kaufen könnt.

In seiner Küche in Berlin hat René jede Menge Spezialgeräte wie Trockner und Zentrifugen. Für die Rezepte hier hat er darauf geachtet, dass ihr sie in einer normal ausgestatteten Küche kochen könnt: Ihr braucht eine genaue Küchenwaage, eine Küchenmaschine, einen Mixer oder Stabmixer und einen Backofen. Das Einzige, was ihr vielleicht nicht habt, ist ein Sahnebereiter. Aber diese Anschaffung lohnt sich, denn ihr könnt damit viele andere lustige und schaumige Sachen kochen.

Wichtiger als die Geräte in Renés Küche ist sein Team, das Abend für Abend die Desserts zubereitet – von manchen Tischen im Restaurant aus können die Gäste dabei sogar zuschauen. Weil ihr für einige Rezepte mit heissen Flüssigkeiten arbeiten müsst, weil gehackt, gemixt und püriert werden muss, sollte immer jemand bei euch sein, der schon kochen kann. Ausserdem macht es im Team einfach mehr Spass, neue Sachen auszuprobieren!

Sahnebereiter:

Kakaomasse 100 %

gibt es im Fachhandel und im Internet. Sie wird entweder am Stück verkauft oder in Chipform, das ist praktisch, weil ihr sie dann nicht hacken oder reiben müsst, um sie in den Rezepten zu verwenden (ausser im Kokosblütenkuchen). Um alle Rezepte einmal zu kochen, braucht ihr eine 500 g Packung.

Kakaonibs

findet ihr in gut sortierten Bioläden oder im Fachhandel/Internet, wo ihr auch die Kakaomasse 100 % gekauft habt.

Kokosmilch

kauft ihr am besten im Bioladen, dort hat sie die beste Qualität. Für die Rezepte braucht ihr welche, die mindestens 20 % Fettanteil hat. Meistens ist der Fettgehalt nicht extra auf der Dose angegeben, aber ihr könnt ihn ganz leicht herausfinden, indem ihr bei den Nährwertangaben nachschaut. Es müssen auf 100 g mindestens 20 g Fett enthalten sein. Falls es nur Bio-Kokosmilch mit weniger als 20 % Fettgehalt gibt, könnt ihr auch die kaufen und kaltstellen, sodass das Fett aushärtet, und drei bis vier Esslöffel von der Flüssigkeit abgiessen. Dann wieder warm werden lassen und verwenden.

Knuspermais

gibt's in manchen Bioläden bei den Knabbersachen oder in der Drogerie oder im türkischen Supermarkt. Achtet darauf, dass ausser Salz keine Gewürze dran sind.

Kokosblütenzucker und Kokosblütensirup

gibt es im Bioladen und in gut sortieren Supermärkten, meistens in der Bio-Ecke oder im Back- bzw. Honigregal.

Maismehl und Reismehl

gibt es auch im Bioladen. Der Vorteil dieser beiden Mehlsorten ist, dass sie glutenfrei sind.

Muscovadozucker

bekommt ihr im Bioladen oder im Supermarkt.

Getrocknete Oliven

bekommt ihr in Supermärkten, die auch Feinkost-Produkte führen. Meistens werden sie im Glas verkauft.

Zuckerrübensirup

findet ihr im Bioladen, aber auch im normalen Supermarkt, dort steht er meistens in der Nähe vom Honig.

Schneller Bananen- und Schokoladenschaum

vegan, laktose- und glutenfrei

Zubereitungszeit: ca. 15 Minuten
Kühlzeit: mind. 2 Stunden

460 g	geschälte, überreife Bananen (das sind ungefähr 6 Stück)
100 g	Kakaomasse 100 %
340 g	Kokosmilch
+	frische Beeren

ergibt ca. 8 Portionen
Für dieses Rezept braucht ihr den Sahnebereiter!

Gebt die Bananen und die Kakaomasse in einen Mixer oder ein hohes Rührgefäss. Kocht die Kokosmilch in einem Topf auf dem Herd auf und giesst sie über die Bananen und die Kakaomasse. Anschliessend mixt ihr alles gut durch. Seid dabei sehr vorsichtig, wenn ihr einen Stabmixer verwendet, da heisse Spritzer entstehen können.

passieren:

Jetzt braucht ihr den Sahnebereiter, einen Trichter und ein Sieb. Stellt alles so ins Spülbecken, dass ihr die Masse bequem in das Sieb schütten könnt (in kleinen Portionen) und sie von dort aus durch den Trichter in die Flasche laufen kann. Es geht schneller, wenn ihr die Masse mit der gewölbten Seite eines Esslöffels durch das Sieb drückt. Dieser Vorgang heisst »passieren« und verhindert, dass Bananen- oder Schokoladenklümpchen in die Flasche kommen, die die Sprühdüse verkleben könnten.

Wenn ihr die ganze Masse passiert habt, müsst ihr den Deckel auf die Flasche schrauben, die Stern-Tülle auf die Sprühdüse schrauben und den Sahnebereiter mit einer Patrone laden (oder mit zwei Patronen nacheinander, wenn die Flasche ein Fassungsvermögen von 1 l hat). Dann stellt ihr den Sahnebereiter für mindestens zwei Stunden in den Kühlschrank.

Vor dem Servieren schüttelt ihr die Flasche einige Male kräftig. Dann haltet ihr sie so, dass die Sterntülle senkrecht nach unten zeigt, und sprüht den Schaum portionsweise in Schüsselchen oder Gläser. Wenn ihr wollt, könnt ihr den Schaum noch mit frischen Beeren dekorieren, dann sofort servieren.

Der Schaum lässt sich im Sahnebereiter 1–2 Tage
im Kühlschrank aufbewahren.

Baiser-Schaumküsse von der Kichererbse

glutenfrei

Zubereitungszeit: ca. 15 Minuten
Backzeit: 3 Stunden

75 g	Bio-Kichererbsenwasser (Aquafaba) aus dem Glas
25 g	Muscovado
ca. 250 g	weisse Schokolade, idealerweise mit Muscovadozucker hergestellt

ergibt ca. 25 Stück

Aquafaba ist das Kochwasser der Kichererbsen. Es hat ähnliche Eigenschaften wie Eiweiss und man kann es genauso schaumig aufschlagen. Am besten funktioniert das Rezept, wenn ihr Bio-Kichererbsen aus dem Glas nehmt.

Heizt den Backofen auf 70° vor (Umluft) und belegt ein Backblech mit Backpapier.

Giesst das Kichererbsenwasser vorsichtig ab, damit die Kichererbsen im Glas bleiben für ein feines anderes Gericht. Messt 75 g ab und gebt die Flüssigkeit zusammen mit dem Muscovado in die Küchenmaschinenschüssel. Schaut, dass der Rührer an der Maschine ist, der aussieht wie ein Schneebesen. (Wenn ihr keine Küchenmaschine habt, geht das Ganze auch mit einem elektrischen Handrührer mit Rührbesen.)

Schlagt damit auf höchster Stufe die Masse auf, bis sie steif ist wie Eischnee. Das dauert ungefähr fünf Minuten. Der Schaum ist dann gut, wenn das Muster des Rührers darin stehen bleibt bzw. wenn ihr die Rührschüssel umdrehen könnt und nichts herausläuft (vorsichtig testen!).

Nun könnt ihr mit zwei Teelöffeln Nocken formen. Nocken ist ein Wort, das man verwendet, wenn man nicht Häufchen sagen will, weil das nicht schön genug klingt. Aber eigentlich ist es egal, wie es heisst, solange es richtig lecker wird! Nehmt einen vollen Teelöffel Schaum aus der Schüssel und schiebt ihn mit dem zweiten Teelöffel aufs Blech. Fertig ist die erste Nocke! Setzt die Nocken nicht zu dicht aneinander, damit sie nicht zusammenbacken. Am besten sind 5 bis 6 Reihen mit je 5 Nocken.

Wenn die Nocken auf dem Blech sind, schiebt ihr es in die Ofenmitte. Backt sie eine Stunde lang, dann stellt ihr die Temperatur auf 60° herunter und backt die Schaumküsse noch einmal ca. 2 Stunden lang, bis sie ganz knusprig sind. Sie sollen nur trocken werden, nicht braun! Ihr könnt während des Backens ein paar Mal den Ofen öffnen, damit die Feuchtigkeit herauskann.

Sollten die Nocken während des Backens ganz flach werden (also eher wie Kleckse), war der Schaum nicht steif genug. Entweder ihr habt nicht lange genug aufgeschlagen, oder das Kichererbsenwasser war zu dünnflüssig. Es muss ziemlich zäh sein, wenn ihr es aus dem Glas giesst, fast wie richtiges Eiweiss. Probiert es am besten noch einmal mit Kichererbsen von einem anderen Hersteller.

Die Baiser-Schaumküsse schmecken schon ziemlich lecker, wenn sie knusprig getrocknet sind. Aber noch besser werden sie, wenn ihr sie mit weisser Schokolade überzieht.

Schmelzt dazu ca. 250 g weisse Schokolade, die ihr vorher grob gehackt oder in Stücke gebrochen habt, in einer Metall- oder Glasschüssel über dem Wasserbad. Während die Schokolade schmilzt, müsst ihr sie gut umrühren, damit sie nicht bröckelig wird.

Wenn alles flüssig geworden ist, nehmt ihr die Schüssel vom Topf und stellt sie auf ein feuchtes Tuch, damit sie nicht wegrutschen kann. Dann wendet ihr einen Schaumkuss nach dem anderen vorsichtig in der Schokolade, sodass auf allen Seiten welche ist. Das geht am besten, wenn ihr zwei Gabeln benutzt.

Bevor ihr den überzogenen Schaumkuss zurück aufs Backpapier setzt, lasst ihn ein bisschen abtropfen (mit der Oberseite nach oben auf eine Gabel setzen und die Gabel leicht am Schüsselrand abklopfen). Sind alle Schaumküsse überzogen, kommen sie in den Kühlschrank. Sobald die Schokolade wieder hart ist, könnt ihr sie essen oder in einer luftdichten Dose aufbewahren.

Wasserbad:

Schokoladen-Mais-Küchlein mit flüssigem Kern

laktose- und glutenfrei

Zubereitungszeit: ca. 20 Minuten
Kühlzeit: mind. 4 Stunden
Backzeit: 7–8 Minuten

100 g	Kakaomasse 100%
125 g	Butter
125 g	Muskovado
5	Eier (4 ganze + 1 Eigelb)
65 g	feines Maismehl
1	Prise Salz
+	zerstossener Knuspermais

ergibt ca. 12 Küchlein

Die Kakaomasse und die Butter schmelzt ihr in einer Metall- oder Glasschüssel über dem Wasserbad. Dabei müsst ihr sie vorsichtig und gründlich umrühren, damit sie nicht bröckelig wird.

Wenn alles flüssig geworden ist, nehmt ihr die Schüssel vom Topf und stellt sie auf ein feuchtes Tuch, damit sie nicht wegrutschen kann. Anschliessend gebt ihr den Muscovado hinzu und mixt die Masse mit dem Stabmixer, bis der Zucker sich aufgelöst hat. Danach gebt ihr auf einmal alle Eier und das Eigelb hinzu und mixt wieder. Sobald die Masse schön gleichmässig durchgerührt ist, gebt ihr das Maismehl und das Salz dazu und mixt noch einmal.

Füllt den Teig in einen Spritzbeutel oder einen Gefrierbeutel. Wenn ihr einen Gefrierbeutel nehmt, verschliesst ihr ihn mit einem Clip so, dass keine Luft im Beutel ist. Lasst den Teig mindestens 4 Stunden lang oder über Nacht im Kühlschrank ruhen.

Kurz bevor ihr die Küchlein essen wollt, heizt ihr den Backofen auf 220° (Umluft) vor. Fettet so viele Tassen oder Souffléförmchen ein, wie ihr Küchlein essen wollt. Bestäubt sie dann innen mit Maismehl, dazu füllt ihr ca. einen halben Teelöffel Maismehl in jede Tasse und dreht sie so, dass überall an der Butter Mehl klebt. Falls Mehl übrig ist, schüttet ihr es ins nächste Förmchen.

Wenn die Förmchen fertig sind, füllt ihr je 50 bis 60 g Teig hinein. Das ist ungefähr so viel wie ein Ei. Am besten wird es, wenn ihr mit einer Waage arbeitet. (Wenn ihr den Teig im Gefrierbeutel habt, schneidet ihr vorsichtig eine der beiden unteren Ecken ab, um ihn in die Förmchen zu füllen.)

Wenn alle Förmchen gefüllt sind, stellt ihr sie für 7 bis 8 Minuten in den Ofen (auf dem Gitter, mittlere Schiene). Das Küchlein sollte im Kern flüssig bleiben, in der Mitte muss der Teig also nicht aufgehen, nur am Rand. Nehmt die Förmchen aus dem Ofen, lasst sie eine Minute stehen und stürzt dann jedes auf einen Teller.

Stürzen heisst, dass ihr einen kleinen Teller so auf das Förmchen legt, dass seine Unterseite oben ist. Dann haltet ihr Teller und Förmchen gut fest und dreht das Ganze in einem schnellen Schwung um: so, dass der Teller unten ist und das Förmchen umgedreht obendrauf steht.

Jetzt könnt ihr den Teller auf die Arbeitsplatte stellen, das Förmchen vorsichtig hochheben und das Küchlein liegt auf dem Teller. Serviert die Küchlein sofort mit ein bisschen zerstossenem Knuspermais.

Ihr könnt den restlichen Teig bis zu zwei Tage lang im Kühlschrank aufbewahren oder für ein Andermal einfrieren.

Schokoladencreme mit Sonnenblumenkernmilch und Kakaobohnen-Crunch

vegan, laktose- und glutenfrei

Zubereitungszeit: ca. 45 Minuten
Kühlzeit: mind. 6 Stunden
Backzeit: ca. 3 Stunden

200 g	Sonnenblumenkerne
130 g	Zuckerrübensirup
70 g	Kokosmilch
50 g	Kakaonibs
50 g	Kakaomasse 100 %

ergibt ca. 4 Portionen

Dieses Rezept besteht aus drei Teilen: Sonnenblumenkernmilch, Schokoladencreme und Kakaobohnen-Crunch. Die Zutaten oben sind zusammen alles, was ihr für Milch, Creme und Crunch benötigt.

Zuerst macht ihr die Sonnenblumenkernmilch. Die braucht ihr für die Schokoladencreme und als Dekoration. Die zweite Dekoration ist der Crunch, den könnt ihr machen, während die Creme kalt steht. Das Rezept ergibt ungefähr doppelt so viel Crunch, wie ihr für die 4 Portionen Creme braucht. Ihr könnt den Rest einfach so naschen, ins Müsli tun oder in einem Schraubglas aufheben für das nächste Mal, wenn ihr die Creme macht.

Sonnenblumenkernmilch:

150 g	Sonnenblumenkerne
450 g	Wasser
80 g	Zuckerrübensirup

Heizt den Backofen auf 130° (Umluft) vor. Belegt ein Backblech mit Backpapier und streut die Sonnenblumenkerne darauf. Sie kommen für 10 Minuten in den Ofen (mittlere Schiene). Schaut ab und zu nach, dass sie nicht braun werden, weil sie sonst bitter schmecken.

Wenn die Sonnenblumenkerne geröstet sind, gebt ihr sie in ein hohes Rührgefäss oder in den Mixer. Fügt das Wasser und den Zuckerrübensirup hinzu und mixt alles gut durch. Danach füllt ihr die Sonnenblumenkernmilch in eine Flasche um, das geht am besten mit einem Trichter. Wichtig ist, dass ihr die Milch dabei durch ein Sieb giesst, damit keine Stückchen drinbleiben.

Schokoladencreme:

160 g	Sonnenblumenkernmilch
70 g	Kokosmilch
50 g	Kakaomasse 100 %

Kocht die Sonnenblumenkernmilch zusammen mit der Kokosmilch auf. Während die Milchmischung heiss wird, wiegt ihr die Kakaomasse ab und gebt sie in den Mixer oder in ein hohes Rührgefäss. Wenn die Milchmischung gekocht hat, giesst ihr sie über die Kakaomasse (Achtung, heiss).

Dann mixt ihr alles mit dem Mixer/Stabmixer gut durch. Sobald sich die Kakaomasse ganz aufgelöst hat, füllt ihr die Creme in eine Schüssel und stellt sie mindestens 6 Stunden kalt, idealerweise über Nacht.

Crunch:

50 g Zuckerrübensirup
50 g Sonnenblumenkerne
50 g Kakaonibs

Heizt den Ofen auf 75° vor und belegt ein Backblech mit Backpapier.

Bringt den Zuckerrübensirup in einem Topf zum Kochen (nehmt nicht die höchste Stufe, da der Zuckerrübensirup leicht verbrennen kann, weil er nicht raffiniert ist). Gebt dann die Sonnenblumenkerne und Kakaonibs dazu und rührt so lange, bis alles Wasser aus dem Zucker verdunstet ist. Das dauert ca. 5 Minuten. Ihr seht, dass das Wasser verdunstet ist, wenn beim Rühren nur noch ganz wenige weisse Bläschen auf dem Topfboden entstehen.

Dann gebt ihr die Masse auf das Backblech und verteilt sie so, dass alles möglichst flach und locker liegt. Das ist nicht ganz einfach, weil der Crunch jetzt noch sehr klebrig ist. Wenn ihr es geschafft habt, trocknet ihr den Crunch ca. 3 Stunden lang im Ofen (mittlere Schiene). Er ist gut, wenn die Sonnenblumenkerne knusprig geworden sind. Dann könnt ihr den Crunch aus dem Ofen holen und abkühlen lassen.

Zum Servieren gebt ihr einen grossen Esslöffel Creme in ein Schälchen und drückt mit dem Löffelrücken eine Mulde in die Creme. Dort hinein giesst ihr ein bisschen von der übrigen Sonnenblumenkernmilch. Dann streuselt ihr Crunch in jedes Schälchen. Fertig!

Schokoladenmousse mit Ahorn und schwarzer Olive

laktose- und glutenfrei
Zubereitungszeit: ca. 20 Minuten
Kühlzeit: mind. 1 Stunde

360 g	Sojamilch
1	gehäufte Messerspitze biologisches Agar
175 g	Kakaomasse 100 %
225 g	Ahornsirup
10	Eiweiss von grossen Eiern
1	Prise Salz
+	getrocknete schwarze Oliven

ergibt ca. 8 Portionen

Verrührt in einem Topf die Sojamilch und das Agar mit einem Schneebesen und bringt alles zum Kochen. Während die Milch heiss wird, wiegt ihr die Kakaomasse ab und gebt sie in eine Rührschüssel, die erhitzt werden kann. Legt einen feuchten Lappen unter die Schüssel, damit sie stabil steht.

Wenn die Milchmischung eine Minute lang geköchelt hat, giesst ihr sie über die Kakaomasse (Achtung, heiss). Dann mixt ihr alles mit dem Stabmixer gut durch.

Messt oder wiegt den Ahornsirup ab, giesst ihn in einen kleinen Topf (am besten eine Kasserolle, also ein Topf mit Stil, wie bei einer Bratpfanne) und stellt ihn auf dem Herd bereit, lasst die Platte aber noch aus.

Schlagt nun für ca. 1 Minute das Eiweiss mit dem Salz in einer Küchenmaschine (zweithöchste Stufe) mit dem Rührbesen auf. Der Eischnee soll noch nicht steif werden, nur grob schaumig. Wenn ihr keine Küchenmaschine habt, nehmt den elektrischen Handrührer mit den Rührbesen.

Wenn das Eiweiss grob schaumig ist, stellt ihr die Küchenmaschine ab und den Herd auf höchster Stufe an, bis der Ahornsirup kocht. Er wirft dann Blasen und steigt hoch wie Milch, die überkochen will. Sobald das passiert, nehmt ihr den Topf von der Platte und schaltet sie aus. Achtung, der Ahornsirup ist jetzt sehr heiss!

Schaltet nun die Küchenmaschine wieder an, diesmal auf höchster Stufe, und giesst den heissen Ahornsirup ins Eiweiss. Dann lasst ihr die Maschine für ca. 2 Minuten laufen. Wenn der Eischnee fest ist, schaltet ihr die Maschine ab. Es ist wichtig, dass der Eischnee nur so lange gerührt wird, bis er fest ist. Wenn man zu lange weiterrührt, wird er klumpig.

Hebt jetzt in ca. 4 Portionen den Eischnee unter die Kakao-Milch, die immer noch ein bisschen warm sein sollte. Unterheben heisst: sehr vorsichtig einrühren. Am besten geht es, wenn ihr einen Schneebesen benutzt. Die erste Portion könnt ihr ganz normal unterrühren. Bei allen anderen Portionen rührt ihr nicht im Kreis, sondern zieht den Schneebesen von unten nach oben durch die Masse.

Man muss dabei sehr vorsichtig sein, damit der Eischnee nicht seine vielen, vielen Luftbläschen verliert. Sie sind es, die die Mousse schaumig machen. Wenn ihr keine weissen Inselchen mehr in der Masse seht, füllt ihr sie in eine grosse Schüssel oder mehrere kleine Schüsselchen um und stellt sie für mindestens 1 Stunde kalt.

Zum Servieren bestreut ihr die Mousse mit 3 bis 4 getrockneten Oliven pro Portion, in kleine Stücke geschnitten.

Ihr könnt die Mousse zwei Tage lang im Kühlschrank aufbewahren oder einfrieren!

Kokosblütenkuchen mit Kokossahne

glutenfrei

Zubereitungszeit: ca. 20 Minuten
Backzeit: ca. 25 Minuten

83 g	Butter
83 g	Milch
125 g	Kokosblütenzucker
125 g	Kokosblütensirup
1	Ei
200 g	Reismehl
10 g	Backpulver
2 g	Salz
60 g	Kakaomasse 100 % grob gerieben oder gehackt
1	kleine Dose Kokosmilch im Kühlschrank für mind. 4 Stunden gekühlt
+	frische Beeren

Heizt den Ofen auf 160° Heissluft vor und fettet eine Kastenform (ca. 26 cm lang) ein. Falls ihr eine Silikonbackform benutzt, müsst ihr sie nicht einfetten, sondern spült sie mit kaltem Wasser aus und trocknet sie nicht ab.

Schmelzt die Butter in einer Metall- oder Glasschüssel im Wasserbad. Wenn sie flüssig ist, rührt ihr mit einem Schneebesen die Milch, den Kokosblütenzucker und den Kokosblütensirup ein. Passt dabei auf, dass die Schüssel nicht umkippt. Die Masse sollte, wenn sie verrührt ist, noch leicht warm sein. Fühlt sie sich kalt an, lasst ihr sie so lange auf dem Wasserbad und rührt vorsichtig weiter, bis sie sich wärmer anfühlt als der Finger, mit dem ihr die Temperatur testet.

Nehmt nun die Schüssel vom Wasserbad und stellt sie auf ein feuchtes Tuch, damit sie nicht wegrutschen kann. Fügt das Ei hinzu und rührt es mit dem elektrischen Handrührer (mit den Rührbesen) glatt.

Dann gebt ihr das Mehl, das Backpulver und das Salz hinzu und rührt, bis keine Klümpchen mehr im Teig sind. Hebt zum Schluss mit einem Teigschaber die grob geriebene Kakaomasse (wenn sie am Stück war) oder grob gehackte Kakaomasse (wenn es Chips waren) unter.

Jetzt füllt ihr den Teig in die Backform und backt den Kuchen ca. 25 Minuten lang, bis er goldbraun ist und kein Teig mehr an einem Holzstäbchen kleben bleibt, das ihr in die Mitte steckt und gleich wieder herauszieht.

Nach dem Backen lasst ihr den Kuchen auf einem Gitter auskühlen.

Bevor ihr den Kuchen essen wollt, bereitet ihr die Kokossahne zu. Dafür nehmt ihr die Kokosmilch aus dem Kühlschrank, öffnet die Dose und giesst vorsichtig drei bis vier Esslöffel Kokoswasser ab. So konzentriert ihr den Fettgehalt der Milch.

Füllt sie in ein hohes Rührgefäss oder in die Küchenmaschine und schlagt sie mit dem Rührer, der wie ein Schneebesen aussieht, schaumig – wie normale Sahne.

Legt zum Servieren auf jeden Teller ein Stück Kuchen und gebt einen tüchtigen Klacks Kokossahne daneben. Falls ihr frische Beeren habt, könnt ihr ein, zwei als Dekoration verwenden.

Regina Dürig ist freischaffende Autorin, Performerin und Dozentin/Mentorin für literarisches Schreiben, u. a. an der Hochschule der Künste Bern. Regina schreibt für Erwachsene und für Kinder und Jugendliche (im verlag die brotsuppe ist 2015 das Bilderbuch »Weisst du, welches Tier?« mit Illustrationen von Jeannine Moll erschienen) – in ihren Büchern geht es oft um die Frage, wie wir miteinander umgehen und leben.
Regina arbeitet gern mit anderen zusammen, zum Beispiel mit dem Musiker Christian Müller im Stories&Sounds-Duo Butterland und mit der Künstlerin Patrizia Bach als Kollektiv DUA im Bereich Text und Zeichnung. Für ihre Arbeiten hat Regina zahlreiche Auszeichnungen erhalten, u. a. den Peter-Härtling-Preis und den Literaturpreis des Kantons Bern, ausserdem waren ihre Bücher für den Schweizer Kinder- und Jugendmedienpreis und den Deutschen Jugendliteraturpreis nominiert. Wenn sie nicht gerade am Schreibtisch sitzt, kocht Regina für ihre Freundinnen oder sie träumt von Besuchen in besonderen Restaurants.

www.reginaduerig.ch

Miriam Affolter ist Grafikdesignerin. Nach dem Gymnasium in Genf mit Schwerpunkt »Arts Visuels« hat sie ihre Ausbildung an der Fachklasse für Grafik in der Schule für Gestaltung Bern-Biel absolviert, wo sie auch den gestalterischen Vorkurs besucht hat. Seit 2012 arbeitet sie als selbstständige Grafikerin in ihrem eigenen Büro atelier komma in Biel. Viele ihrer Kund:innen kommen aus dem kulinarischen Bereich, Miriam hat Erscheinungsbilder für verschiedene Restaurants sowie für eine Weinmanufaktur am Bielersee entworfen. Ausserdem unterrichtet Miriam in der Fachklasse für Grafik an der Schule für Gestaltung Biel. Und sie ist eine leidenschaftliche und höchst erfolgreiche Pilzesammlerin: Manchmal sind die Pilze, die sie findet, fast grösser als der Teller, auf den sie mal kommen sollen. Apropos Teller: Miriams neustes Hobby ist die Keramik – sie macht ihr eigenes Geschirr, damit ihre Gerichte (nicht nur die mit Pilzen) noch schöner zur Geltung kommen.

www.atelierkomma.ch

René Frank zählt zu den renommiertesten und bekanntesten Patissiers weltweit, 2022 wurde er im Rahmen der »World's Best 50 Awards« zum »World's Best Pastry Chef« gekürt. Über 20 Jahre hat der gebürtige Allgäuer international in den besten Häusern gearbeitet und Erfahrungen gesammelt. Von 2010 bis 2016 war René Chef-Patissier im mit drei Michelin Sternen ausgezeichneten Osnabrücker »La Vie«. Der renommierte Restaurantführer »Gault&Millau« ernannte René 2013 zum Patissier des Jahres. Drei Jahre später erhielt er diesen begehrten Titel das zweite Mal, diesmal verliehen von der Redaktion des Schlemmer Atlas (Busche-Verlag).
Heute betreibt René Deutschlands einziges Dessert-Restaurant »CODA« in Berlin, das 2020 mit zwei Michelin Sternen ausgezeichnet wurde. Einem breiteren Publikum ist er durch Auftritte in Koch- und Backshows bekannt, u. a. als Juror in der Backshow »Master of Sweets« (RTL).

www.rene-frank.de

Das Fotografenteam *JUNI* sind Julia Schmidt und Nikolas Hagele, professionelle Fotografen und privat: Freunde. Sie sind ein eingespieltes Team. Weil sie einen hohen Anspruch teilen, viele gemeinsame Er-

fahrungen und sich auch fachlich perfekt ergänzen. Seit sie sich kennen, verfolgen sie die gleichen Ziele und vertreten die gleichen Werte. Zuerst viele Jahre bei gemeinsamen Reisen und Projekten. Seit 2017 als Fotografen-Duo und Studiogemeinschaft in Augsburg und Berlin.
Sie fotografieren für Unternehmen, Verlage und Agenturen für Medien und für Menschen in den Bereichen Food, Produkt, People, Still Life und Architektur. In ihrem Berliner Studio sind bereits einige Kochbücher entstanden. Eine erste Zusammenarbeit mit René Frank fand bereits im Dezember 2016 statt, kurz nach Eröffnung des Restaurants.

www.juni-fotografen.de

Wir danken der Stadt Biel und dem Kanton Bern, die dieses Herzensprojekt mit einem Werk- und einem Druckkostenbeitrag unterstützt haben.

Regina dankt Sandra, Stefan, Smilla und Lotta fürs Kücheüberlassen und die konstruktiven Dessertverkostungen, Christian für all die memorablen kulinarischen Abenteuer und ihren Eltern für die angeborene Liebe zu Oliven und anderen Delikatessen. Sami fürs enthusiastische Testlesen und das Feedgebäck, Madeleine fürs geduldige Hören der fastletzten Fassung und den Schüler:innen der German School Brooklyn für ihre Inputs ganz zu Beginn des Projekts.

Miriam dankt Jonas für das Bauen eines Maila-Projekt-Zeichentisches und seinem bunten Ideenstrauss für die Illustrationen. Ihren Eltern für den ungebrochenen Glauben und Zuspruch zum Gelingen eigener Visionen, Christine fürs Teilen ihrer fantastischen Gedankenwelt und Evi fürs inspirierende Vorleben von Herzensprojekten.

Der Verlag dankt der Stadt Biel und dem Kanton Bern
für die Herstellungsunterstützung.

Stadt Biel
Ville de Bienne

SWISSLOS
Lotteriefonds
Kanton Bern

Der verlag die brotsuppe wird vom Bundesamt für Kultur mit einer
Förderprämie für die Jahre 2016 – 2024 unterstützt.

www.diebrotsuppe.ch
ISBN 978-3-03867-072-8

Text: Regina Dürig, Biel/Bienne
Gestaltung: Miriam Affolter, Biel/Bienne
Rezepte: René Frank, Berlin
Fotografien: JUNI (Julia Schmidt und Nikolas Hagele), Berlin
Lektorat/Korrektorat: Ursi Anna Aeschbacher, Biel/Bienne
Druck: CPI Clausen & Bosse, Leck